AF459119

LE CALVAIRE DE LORRAINE

Le Calvaire de Lorraine

ALLÉGORIE DE GUERRE

PAR

UN SOLDAT DE LA RÉPUBLIQUE

LIBRAIRIE MILITAIRE BERGER-LEVRAULT

PARIS
5-7, RUE DES BEAUX-ARTS

NANCY
RUE DES GLACIS, 18

1917

A MES FRÈRES D'ARMES

DE PREMIÈRE LIGNE,

HÉROS DU SACRIFICE,

JE DÉDIE CETTE HUMBLE ADAPTATION

DU LIVRE IMMORTEL.

ELLE FUT ÉCRITE ÇÀ ET LÀ,

AU BRUIT DE LEUR CANON,

ET DANS L'ATTENTE FÉBRILE

DE LEUR VICTOIRE

QUI RENOUVELLERA LE MONDE.

AVANT-PROPOS

Le *Journal* du 7 mai 1915 publia une impressionnante image, avec cette légende explicative :

« Un calvaire dominait la plaine lorraine. Un obus allemand le frappa, qui enleva la croix. Le Christ, intact, demeura les bras haut levés, dans une attitude protectrice. »

Trois jours plus tard, dans la même feuille, le poète Henry Bataille commentait cette scène et en donnait cette émouvante description :

L'obus vient de frapper un grand Christ de calvaire,
Et le bois de la croix s'est volatilisé ;
Comme un aigle éployant les ailes sur son aire,
Le Christ reste debout : rien ne l'a renversé.

. . . .

C'est bien toujours un Dieu, mais ce n'est plus le même.
Nul homme encor n'avait sans doute imaginé
Quelle étrange figure et quel nouvel emblème
Ferait, sur fond d'azur, ce Christ inopiné,
Les bras soudain ouverts et les mains déclouées,
Transformant tout à coup, en haut d'un promontoire,
Son geste de supplice en geste de victoire.
C'est un libérateur écartant les nuées.

. . . .

Sublime allégorie sculptée par un obus !
Ils ont broyé ta croix. Enfin !.. Vive Jésus !

La Puissance des Ténèbres

RÉVEILLÉ d'un long sommeil, Jésus ouvre les yeux.

D'autres obus s'abattent, trouant la terre qui tremble, emplissant l'espace de sifflements et de détonations. Des tourbillons de poussière s'élèvent, puis retombent, comme un suaire, sur des cadavres. Ici, un zouave, étendu dans une flaque de sang; là, un officier saxon, coupé en deux, entrailles épandues; plus loin, tombés l'un sur l'autre en un élan furieux et mutuellement embrochés, un tirailleur sénégalais et un grenadier de la Garde prussienne; tout proche, assis dans l'attitude du repos, un jeune fantassin, le crâne ouvert par l'obus qui emporta la croix. Sa cervelle éclaboussa le Christ.

Celui-ci frissonne. Le regard rivé sur ces

jeunes hommes dont le dernier effort a été pour s'entre-tuer, il laisse échapper cette plainte :

— Et moi, qui vous avais dit de vous aimer les uns les autres, comme je vous ai aimés!

Descendu de son rocher, il erre sous des sapins que la mitraille a écharpés. Le soir tombe. Sur le sol pierreux et défoncé, la marche est ralentie par des broussailles, des fils de fer et des monceaux de morts. De pauvres êtres râlent, délirent, sanglotent :

— *Mutter!* Maman!

Jésus s'approche du blessé dont le cri est le plus déchirant. C'est un capitaine prussien. Celui-ci, dans un paroxysme de souffrance, prend le divin déguenillé pour un détrousseur de cadavres. D'un suprême geste de défense, il braque son revolver et tire à bout portant. Presque heureux d'avoir sa part dans cet infini de douleurs, le Crucifié se penche sur l'officier et lui demande en souriant :

— Frère, que puis-je pour toi?

— M'arracher à cet enfer! implore le blessé.

Jésus lui donne à boire, lui fait un pansement sommaire, le charge sur son dos et continue sa route. Autour d'eux, les projectiles meurtriers explosent; là-bas, la grosse artillerie rugit et les mitrailleuses craquètent; deux avions traversent le ciel. Passage difficile des tranchées bouleversées, d'où, ce matin, les Allemands furent délogés. Au delà, un charnier, une odeur de pourriture : les cadavres, depuis des mois, s'y sont desséchés, nus, les yeux caves, la bouche béante, le ventre creux. Jésus se sent défaillir. Par saccades, ses lèvres exhalent les lamentations de son âme en déroute :

— Les voici donc les jours vengeurs que j'ai prophétisés : la grande tribulation telle qu'il n'y en eut point depuis le commencement du monde et qu'il n'y en aura plus jamais!... Détresse immense sur toute la terre et colère contre les peuples; les hommes tombant sous le tranchant du glaive ou emmenés captifs; Jérusalem foulée par les païens, jusqu'à ce que la domination des païens soit brisée... C'est ici leur heure et la puissance des ténèbres...

Soleil et lune obscurcis ; étoiles tombées du ciel ; tremblements de terre, famines, fléaux, phénomènes effrayants ; les nations et les races soulevées les unes contre les autres et paralysées d'angoisse... Les hommes rendant l'âme d'épouvante, dans l'attente de ce qui va arriver... Simple commencement des douleurs, enfantement d'un monde régénéré. Car le ciel et la terre passeront, mais mes paroles ne passeront pas.

Bien qu'à moitié évanoui, le Prussien s'effare de ces images apocalyptiques ; son porteur cherche des yeux un refuge. Il est exténué par sa blessure, qui trace sur le sol un sillage sanglant. Derrière eux, la palpitation de fusées éclairantes. A droite, au loin, une section de brancardiers au travail. En avant, une lampe s'est allumée. En un sursaut de volonté, Jésus se dirige vers elle. Et son imagination, échappant à l'atroce réalité, évoque l'étoile conduisant les Mages d'Orient vers le Sauveur du monde..., d'un monde qui paraît, hélas ! plus que jamais perdu.

Stella

C'ÉTAIT la lampe d'une ambulance anglaise établie le plus près possible de la ligne de feu. Le capitaine prussien et son sauveteur y sont étendus sur des brancards et reçoivent des soins immédiats. Un sergent ne parvenant pas à obtenir de celui-ci les renseignements réglementaires, une jeune Anglaise, qui panse la blessure faite par le revolver, pose elle-même les questions :

— Tu n'as pas ton livret militaire ? Tu ne sais ni ton numéro matricule ni le numéro de ton régiment ? Quel est ton nom ?

— Jésus.

Elle fait signe au sergent de ne pas insister : encore un de ces malheureux dont le bombardement a troublé la raison ! Et sa pitié redouble.

— Nous sommes des Anglais de la Société des Amis, et nous tutoyons tout le monde. Tu n'en es pas fâché ?... Parce que tu as sauvé de la mort ce pauvre capitaine terriblement blessé, nous t'accueillerons comme un des nôtres et nous t'appellerons l'Ami. Le permets-tu ?

Alors Jésus :

— Oh ! le beau nom, après les infamies que j'ai vues !

— Nom magnifique ! reprend la jeune fille; et nous en sommes fiers, à l'heure où la moitié de l'Europe est ennemie de l'autre moitié. Nous, nous restons les amis de tous, surtout de ceux qui souffrent, car notre maître, c'est le Christ, l'éternel ami des affligés, des impotents, des opprimés.

Réconforté, l'Ami lui demande à son tour :

— Comment t'appelles-tu ?

— Stella, répond la noble enfant.

Et l'Ami de sourire. Plus lumineuse lui paraît l'étoile des Mages : ses rayons peuvent encore sauver l'humanité. Douce certitude, apaisante consolation.

Le lendemain matin, les habitants de l'ambulance sont réveillés par un fracas : l'éclatement d'obus de fort calibre. Explosant dans la vaste tente, l'un d'eux fait un carnage : le chirurgien chef, des infirmiers et des blessés, la plupart allemands, sont tués net. Beaucoup d'autres sont atteints. Stella est tombée, le bras gauche emporté. En panique, les hommes épargnés poussent des cris d'effroi ou commencent à fuir.

Mais quelqu'un les a devancés, barrant la porte de ses bras écartés. Entre deux rafales, une voix s'élève, impérieuse :

— Hommes de peu de foi, pourquoi cette épouvante ? Ayez confiance en Dieu, le maître de la vie. Si vous devez être frappés, que ce soit chacun à son poste. Blessés, faites silence ! Et vous, les infirmiers, aidez-moi à relever ces nouvelles victimes !

Saisis d'une grande crainte, ils se disent l'un à l'autre :

— Qui donc est celui-ci qui sait d'un mot chasser la terreur de nos âmes ?

Stella perd connaissance ; mais elle gardera en son cœur la vision de l'Ami, pâle et serein, arrêtant la tempête, de son geste de crucifié.

L'Heure des Païens

STELLA, ainsi que l'infirmier Sincère, un prêtre catholique frappé par le même obus, ont été transportés dans une autre ambulance de la Société des Amis. Sur leur demande, l'Ami les a suivis. Cette ambulance occupe l'unique maison restée debout du village de Nazarville.

Quelques semaines plus tard, les trois blessés, convalescents, parcourent ensemble les rues lamentables.

— Pourquoi cette dévastation ? interroge l'Ami. Ces ruines étaient-elles indispensables à la victoire d'une armée ? Tous ces murs écroulés, cette colonnade désordonnée de cheminées noircies, cette église découronnée, ces machines agricoles tordues par la flamme, est-ce la gloire militaire ?

— Ami, répond Stella, tu sais que, humble chrétienne, je suis résolue à aimer tous les hommes, nos frères. Cependant, il n'est pas facile d'aimer les voleurs, les brigands et les loups qui font irruption dans la bergerie, pour dérober, égorger et détruire.

— Comment es-tu assez étranger, continue Sincère, pour ignorer l'attentat de l'Allemagne ? Ayant abdiqué aux mains de meneurs criminels, cette grande nation a laissé empoisonner son âme, dont la cupidité n'a d'égale que la lâcheté. Vidée de sentimentalité, cette âme collective s'est approprié une doctrine de domination par la brutalité et la terreur. C'est ainsi que fut bombardée notre première ambulance, malgré sa croix de Genève et son éloignement des troupes. C'est ainsi qu'une équipe de pillards, avec voitures de déménagement, suivie d'une escouade de pétroleurs, a méthodiquement fait de ce village ce que tu vois. Notre maison fut épargnée, parce qu'elle était occupée par l'état-major organisateur de l'incendie.

Et Sincère de raconter cette impitoyable exécution d'un brigandage savamment préparé, qui fait frissonner d'horreur le monde entier.

— Leur plus grand crime, conclut Stella, c'est d'avoir réveillé le monstre de la Haine. Nous étions arrivés, enfin, à l'enchaîner. Naissant à la fraternité, les nations échangeaient leurs premiers mots d'amour et envisageaient la possibilité d'ententes pacifiques, lorsque l'impérialisme allemand a rompu les chaînes de la bête féroce, lâchée sur l'Europe atterrée. Maintenant, dans des millions d'âmes, la Haine enfonce ses griffes : fureur, vengeance, cruauté, rancune, chauvinisme.

Devant un tel désastre, l'Ami crie sa révolte :

— Heureux les miséricordieux : eux seuls obtiendront miséricorde ! Heureux les débonnaires : eux seuls posséderont la terre ! Heureux ceux qui procurent la paix : eux seuls seront appelés fils de Dieu !

Et Stella, bouleversée :

— Oh ! s'il pouvait revenir, marchant sur ces flots de rage et de douleurs, l'Ami qui est consolation, pardon, justice et paix, le Fils de Dieu qui est la lumière du monde !...

Rachel pleurant ses enfants

SUCCESSIVEMENT, les voitures automobiles viennent se ranger devant l'ambulance, déversant un double flot de blessés. Tête bandée, bras en écharpe, ou clopinant entre deux infirmiers, ceux qui peuvent se traîner traversent lentement la cour. Les impotents, en un va-et-vient continuel, sont transportés par les brancardiers. Une femme est là, venue de Jéricourt, la ville voisine, et examine avec anxiété ces estropiés dont quelques-uns trahissent par leurs plaintes d'atroces souffrances. Lamentable débris, petit comme un enfant, l'un d'eux a perdu un bras et les deux jambes.

La femme a blêmi.

— Je cherche mon fils, explique-t-elle à

l'Ami, et c'est mon troisième soldat. Ses deux aînés ont été tués il y a quelques semaines. J'ai appris qu'à son tour il était blessé.

Tout d'un coup, les yeux dilatés, elle fixe une civière et laisse échapper un cri déchirant :

— Est-ce toi, ô mon bien-aimé, ma seule joie, mon seul espoir !

L'Ami l'empêche de se jeter sur son enfant. Couvert de boue et de sang, défiguré, le regard fixe, les mâchoires raidies, le petit soldat est la proie du tétanos fatal. Il ne reconnaît pas sa mère... Celle-ci, maintenant auprès du lit de torture où longuement il agonise, pleure toutes les larmes de son cœur.

— Elle s'appelle Rachel, dit Stella à l'Ami. N'est-ce pas l'oracle de Jérémie :

Une voix a été entendue dans Rama,
Des plaintes et de longs sanglots ;
Rachel pleure ses enfants
Et refuse d'être consolée, parce qu'ils ne sont plus !

L'Ami frémit en lui-même. Les innombrables cris de détresse d'une génération sacrifiée se répercutent dans son âme, que traversent, comme un torrent, les larmes de toutes les mères de l'Europe. Il murmure :

— Heureuses les stériles, heureux les flancs qui n'ont point enfanté et les mamelles qui n'ont point allaité !

Il a fermé les yeux du soldat, enfin entré dans le repos, et il se penche vers la mère effondrée :

— Tes fils, ô dolente Rachel, Dieu te les rendra.

L'affligée se redresse. Une clarté anime sa physionomie ravagée.

— Je le sais, dit-elle d'une voix subitement sereine. Dieu m'appellera auprès d'eux. Comment vivrais-je si je ne croyais pas au Dieu de la résurrection ?

Vivement ému, incapable de cacher son secret, l'Ami lui dit :

— Je suis la résurrection et la vie. Celui qui croit en moi vivra, quand même il serait mort, et quiconque vit et croit en moi ne mourra jamais. Crois-tu cela ?

Abasourdie, Rachel lève les yeux. Ces paroles de la consolation divine, ce visage qui rayonne de céleste bonté, cette apparition lumineuse à l'heure la plus sombre de l'affreuse tempête, la troublent et l'épouvantent. Elle croit que sa raison chavire. N'est-ce pas un fantôme ?

L'Ami lui parle encore :

— Rassure-toi ! C'est bien moi, l'Ami des naufragés, n'aie point de peur.

Elle se jette à genoux.

— Oui, je crois, déclare-t-elle. Tu es le Christ, le Sauveur du monde, mon Sauveur. Béni soit Dieu qui t'a rendu aux âmes douloureuses !

Mais, l'Ami l'ayant laissée, la lumière s'éteint. Rachel prend dans ses bras le cadavre déjà froid de son fils, l'étreint avec passion, et s'écrie :

— Je perds l'esprit : non, ce n'est pas le Christ ! S'il vivait au milieu de nous, il n'y aurait pas de guerre ; mes fils adorés ne m'auraient pas été ravis !

Et la pauvre mère d'éclater en sanglots.

André

Au retour de la cérémonie funèbre, l'Ami aborde Rachel.

— Ne pleure point! lui dit-il. Je suis la lumière du monde : qui me suit ne marchera pas dans les ténèbres, mais il aura la lumière de la vie.

Les larmes de Rachel redoublent.

— Ma lumière, répond-elle, c'est que mes fils sont tombés pour une juste cause. L'aurais-je pu, je n'aurais point cherché à les retenir. Ma lumière, c'est l'affirmation de mon cœur et de ma foi chrétienne que je les reverrai... Mais tu ne sais pas tout! Le mort que je pleure le plus est encore de ce monde. Mon André, le seul fils qui me reste, est possédé du démon de l'alcool. Il a quitté sa mère pour s'attacher à des compagnons d'orgie et à des femmes dépravées. Il est sujet à d'effroyables crises de fureur. Personne ne peut le maîtriser. Il n'a même pas assisté aux obsèques de son frère. Ah! c'est le plus perdu des quatre!

Fixant son consolateur, elle a un élan d'espérance :

— Ami, dit-elle, je n'ose pas croire que tu sois l'Ami suprême; je tremble d'accepter un bonheur dont l'évanouissement me serait un nouveau deuil. Ta parole, pourtant, a ranimé ma foi; elle m'a rendu mes chers soldats, que je sens désormais bien vivants près de moi. Oh! si c'est toi, Seigneur, tu peux me rendre mon André, tu peux le sauver du naufrage et le faire marcher sur les eaux!

L'Ami répond :

— Lui aussi te sera rendu.

Revenant au cimetière, l'Ami voit circuler parmi les tombes le jeune homme perdu, qu'il reconnaît pour l'avoir déjà rencontré.

— André, l'appelle-t-il, tu cherches la place où repose le corps de ton frère. Pourquoi, par ton absence du cortège, as-tu augmenté la douleur de ta mère?

Un cri de rage lui répond :

— Que me veux-tu, Ami? Je te connais! Tu es un homme droit et pur. Laisse-moi à mes vices!

L'Ami le regarde dans les yeux.

— Tes vices! Comment s'appellent-ils?

— Innombrables, ils s'appellent Légion.

L'Ami lui saisit les deux mains.

— Jeune homme, je te l'ordonne, relève-toi! Devant la fosse à peine comblée d'un frère qui a donné sa vie pour ses semblables et pour toi-même, au nom du Dieu juste et saint qui t'appelle toi aussi à donner ta vie par amour, je t'en conjure, romps à jamais avec tes vices et suis-moi. J'ai une tâche à te confier. Viens accomplir ton devoir d'homme!

André soupire :

— Si je pouvais! si je pouvais!... Je ne suis qu'une pauvre chose roulée par les vagues du mal. J'ai peur de ma faiblesse. J'enfoncerai toujours! Mais je sens que tu m'aimes, je sens que tu es fort. Seigneur, sauve-moi!

Alors, devant la tombe, tous deux s'agenouillent et prient. Et quand ils se relèvent, l'Ami dit à André :

— Homme de peu de foi ! pourquoi as-tu douté ?

Un grand apaisement s'est produit dans le cœur du jeune homme. Le naufragé est entré dans le port.

L'Ami l'entraîne.

— Viens tout d'abord sécher les larmes de ta mère ; toi seul peux la consoler ici-bas.

Rachel les attendait en priant. Lorsqu'ils ouvrent la porte, elle s'affaisse. L'Ami la soutient et lui dit :

— Pauvre mère, voici ton fils.

— Mon André ! s'écrie-t-elle. Et elle l'attire sur son sein, bien décidée à ne plus le reperdre.

A partir de ce jour, le jeune exorcisé travaillera dans les chantiers où la Société des Amis construit des habitations pour les cultivateurs de Nazarville.

Quant à Rachel, elle ne parle à personne de la bienheureuse rencontre, mais elle repasse toutes ces choses dans son cœur.

Héros du Front

A la demande de l'Ami, un blessé décrit l'action au cours de laquelle il fut frappé. C'est un zouave.

— Dix minutes avant l'heure fixée pour l'assaut, le sergent nous fit mettre baïonnette au canon. Les 75 et notre artillerie lourde tonnaient. Mon cœur battait à coups précipités : au moment de « donner », le plus brave ne peut se défendre d'une émotion. Notre sergent nous crie : « Ordre du général : avancer, puis tenir jusqu'au bout, quand même il y aurait le tonnerre de Dieu. Zouaves, en avant! » Il saute sur le parapet. Nous le suivons en trombe. Fini de penser et d'être émus : le danger est comme inexistant. Au-devant des salves, dans l'ouragan, sur le volcan, on court, on court, avec une inconcevable griserie. Charge horrible et superbe. Les projectiles soulèvent des nuages de terre rouge; des camarades s'abattent; du sang jaillit sur nous; mais nous courons toujours. De nos poitrines sortent des hurlements de fauves : « Assassins! bandits! mort aux Boches! » Une fièvre, une soif de sang, de meurtre et de carnage nous poussent en avant. Toute la sauvagerie ancestrale reparaît dans les brutes déchaînées que nous sommes... Nous arrivons sur l'ennemi, sautons dans sa tranchée, clouons les mitrailleurs sur leurs pièces, exterminons tout ce qui ne se rend pas. Dans cette boucherie, une balle me brise l'épaule.

A son tour, un artilleur raconte un bombardement des positions allemandes qui dura deux jours et deux nuits.

— Des centaines de pièces de tout calibre crachent sans interruption. Le bruit est tel que tout s'écroule aux environs. Le sol tremble, les arbres s'entre-choquent, leur feuillage s'envole. Nos oreilles tintent, nos mains se brûlent à toucher les canons échauffés. Nous sommes comme des fous. L'horizon n'est fait que de fumées, d'où jaillissent des gerbes de feu et de poussière. D'une précision mathématique, notre tir détruit un train blindé, anéantit plusieurs batteries, fait sauter des dépôts de munitions. Les réseaux de fils barbelés sont hachés; les abris, crevés; les boyaux, défoncés. L'ennemi ne peut plus tenir dans la fournaise, et notre infanterie l'en déloge gaillardement. Je fus frappé par un obus de la pauvre riposte allemande. Mais nous n'aurions pas fait ce beau travail sans nos avions qui savent repérer les tranchées et rectifier nos tirs. Demande plutôt à mon voisin le pilote.

Modestement, l'aviateur narre sa dernière envolée. Chargé d'observer un ouvrage ennemi et le discernant mal de très haut, il risqua une descente foudroyante jusqu'à 300 mètres, prit un cliché photographique, décima par une bombe bien placée un rassemblement de cavalerie, et revint, à travers un essaim de projectiles, blessé, les ailes trouées, mais radieux.

Enfin, un sapeur explique comment finit sa dernière expédition souterraine.

— Depuis plusieurs semaines, nous poussions activement le fonçage d'une mine : il s'agissait d'arriver sous un blockhaus de l'ennemi, avant que celui-ci ne pénétrât jusque sous nos tranchées. Pour ne pas donner l'éveil aux Boches, qui n'auraient pas manqué de camoufler le boyau, notre travail devait se faire sans effort violent, sans l'emploi du pic ni de la barre à mine. Déjà nous entendions la sape ennemie se rapprocher de la nôtre; il fallait hâter notre entreprise. La chambre de mine vivement préparée, on amenait les caisses d'explosifs. Dix mille, quinze mille, puis vingt mille kilos, péniblement manutentionnés à travers une galerie trop étroite, s'entassent dans la chambre. L'artificier prépare l'amorce et tend son cordeau détonant. Nous nous portons alors en arrière, quand, tout à coup, un éboulement se produit! Les Boches ont crevé la galerie, ils vont anéantir notre projet! Un premier sapeur s'introduit dans notre boyau; sa lanterne l'éclaire; il se dispose à couper le cordeau. Sans hésiter, armé d'une pioche, je rampe derrière lui et l'assomme d'un coup vigoureux. D'autres Boches arrivent ; il n'y a pas une seconde à perdre : j'allume la mèche... Le sol rugit, se soulève et s'effondre. Je suis enseveli. Il faudra tout un jour d'efforts pour me déterrer, plus mort que vif. Mais je suis pleinement heureux : le blockhaus ennemi a sauté, avec une centaine de cadavres, horriblement déchiquetés.

— *Pleinement heureux !* soupire l'Ami.

Cette nuit-là, il ne peut dormir.

Guerre à la Guerre

LE lendemain, avec Stella, l'Ami s'assied au chevet des blessés. Il leur demande :

— Quelle est la cause de votre fureur implacable ?

Le sapeur répond :

— Nous faisons la guerre parce que nous voulons la paix ; et nous la faisons terrible, parce que nous haïssons la guerre.

L'Ami reprend :

— Vous haïssez aussi les Allemands, vos frères en l'humanité !

— Nullement, réplique le sapeur. Nous ne sommes pas des tortionnaires, mais des justiciers. Haïr le despotisme criminel, ce n'est point haïr ses soldats, qui en sont, à la fois, les instruments odieux et les pitoyables victimes. Nous devons les sauver d'eux-mêmes. Quand nous les injurions, c'est pour nous exciter, et alors les plus doux deviennent les plus féroces, bien décidés qu'ils sont à en finir avec une Europe en gestation de banditisme. Mais, s'il y a de rares minutes où cette excitation est nécessaire, pendant des semaines et des mois seule la patience est utile. Calmement, chacun doit remplir une tâche précise. La haine troublerait notre vue et nous attristerait. Notre fierté, c'est de frapper en gardant la pleine possession de nous-mêmes. Notre soutien et notre joie, c'est l'assurance que la multitude des petits efforts combinés nous donnera enfin la paix victorieuse.

Alors l'Ami :

— Si vous voulez la paix, faites la paix ! L'Allemagne n'y consentirait-elle pas ?

Les poilus lui jettent des regards courroucés.

— Parler de paix, tranche le zouave, c'est trahir la patrie et poignarder l'humanité !

Plus conciliant, par gratitude pour les soins que l'Ami leur prodigue, l'aviateur raisonne :

— Ton cœur te dit : « Assez de tueries, de carnages ! Assez de ruines et de deuils ! Assez de veuves, d'orphelins, d'éclopés ! » Eh bien ! nous, nous cuirassons notre cœur, parce que ce serait une duperie de dire : « Assez de crimes, *pour le moment !...* » En effet, faire la paix aux conditions de l'Allemagne, ce serait consentir à ce que plus tard, au jour choisi par elle, il y ait de nouveaux meurtres, de nouvelles hécatombes, encore des flots de larmes et de sang, encore des peuples asservis. La paix allemande serait la guerre toujours renaissante, la paix française sera la fin des guerres. Pour avoir cette paix définitive, la seule véritable, pour qu'aucune mère n'ait plus à pleurer sur des champs de bataille en Europe, nous sommes prêts à souffrir encore, à mourir s'il le faut.

Et leurs voix mâles de chanter ce refrain :

En avant ! Tant pis pour qui tombe !
La mort n'est rien, vive la tombe
Quand le pays en sort vivant !
En avant !

— Oui, renchérit l'artilleur, nous sommes les libérateurs des générations à venir. Comme les Grecs arrêtant à Marathon et à Salamine la barbarie des Perses, comme les Francs faisant reculer à Poitiers les Maures qui menaçaient la civilisation chrétienne, en brisant à notre tour le monstrueux attentat préparé par l'orgueil germanique, nous ferons triompher la liberté des peuples et la fraternité des hommes. Chacun de mes coups de canon, je le tire contre la tyrannie militariste qu'il s'agit de chasser des territoires qu'elle piétine et de la société humaine excédée... Et tu voudrais que, par peur des coups ou par une sensiblerie coupable, nous nous dérobions à notre grand devoir historique, nous laissions inachevé et irrémédiablement compromis le salut du monde !

L'Ami proteste.

— Je n'ai pas dit cela... Pour que soit accomplie l'Écriture, la justice et la paix doivent s'entre-baiser.

Le zouave prend son journal et lit les déclarations du général en chef : « Du résultat de cette guerre suprême dépend le sort de l'Europe : ou bien nous conquerrons le droit de vivre dans la démocratie et dans la paix, ou bien nous livrerons l'Europe à l'impérialisme. La paix aujourd'hui ne serait qu'un armistice, pendant lequel chaque nation continuerait fiévreusement à se préparer pour la guerre; une telle paix serait un crime envers la postérité. »

Il pose le journal et conclut :

— Voilà ce que pense la France entière.

— C'est aussi la pensée de nos alliés, ajoute le sapeur, et celle des nombreux volontaires étrangers qui ont tenu à s'enrôler sous notre drapeau. « Nous venons combattre, disent-ils tous, pour l'idéal que la France représente. » Par contre, demande aux Austro-Boches combien ils ont de volontaires étrangers? Ils ne te montreront que leurs vaincus d'hier menés au revolver et à la schlague. Il a fallu leur organisation, qui brise impitoyablement les résistances les plus justes, pour que les Italiens de Trente, les Serbes de Bosnie, les Roumains de Transylvanie, les Tchèques de Bohême, les Polonais de Posnanie, les Danois du Schleswig et les Français d'Alsace unissent leurs baïonnettes asservies aux baïonnettes d'une Prusse de rapine et de proie.

— Des mains suppliantes de tous ces peuples, dit l'artilleur, nous sommes résolus à faire tomber les chaînes. L'Allémagne, au contraire, forge de nouveaux liens pour d'autres annexions. Entre elle et nous, aucun compromis n'est possible. Le droit ne peut pas abdiquer, et nous devons aller jusqu'au bout du devoir : vaincre ou mourir. Peut-être mourrons-nous. Qu'importe! l'agression injuste et meurtrière sera refoulée par les soldats du droit irrésistiblement unis, vrais serviteurs du Christ de la fraternité.

— Cependant, dit Stella, si le Christ revenait...

Le zouave l'interrompt :

— S'il revenait! le Crucifié serait le premier des poilus!

Blessés allemands

L'ANGLAIS Edward, le tuteur de Stella, étant venu voir sa pupille blessée, veut visiter les soldats allemands soignés dans la ville, toute proche, de Jéricourt. Stella invite l'Ami.

Ils montent l'escalier de pierre du grand hôpital et entrent dans les salles joyeusement éclairées. L'Ami est étonné d'y trouver, comme infirmière, Rachel, qui se console de la mort de ses fils en guérissant les soldats qui peut-être furent leurs meurtriers. Elle se hâte au-devant de l'Ami, de qui elle tient cette force morale.

— Au début, explique-t-elle, j'éprouvai une gêne et même un ressentiment auprès de ces ennemis. Aujourd'hui, je ne vois plus en eux que des blessés, des victimes, et en combattant leur souffrance je soulage la mienne.

Le Maître l'admire :

— On dit communément : « Aime ton prochain, hais ton ennemi. » Mais, moi, je vous dis : Aimez vos ennemis et faites du bien à ceux qui vous haïssent; parlez avec bienveillance de ceux qui vous maudissent; priez pour ceux qui vous persécutent. A ce prix seulement vous serez fils de votre Père qui est dans les cieux; car il fait lever son soleil sur les méchants et sur les bons, et il fait pleuvoir sur les justes et sur les injustes.

Ce langage impressionne Edward, quaker austère et ardent.

— Admirables paroles, dit-il, et qui condamnent en bloc tous les hommes qui font la guerre.

— Pas tous, peut-être ? réfléchit l'Ami.

Guidés par Rachel, ils circulent d'un lit à l'autre et adressent quelques mots de sympathie à chaque blessé. Ils s'informent de ses meurtrissures, de sa famille et de ses espérances religieuses. Pour prouver sa piété, l'un d'eux, entre un « Chant de haine » et une carte représentant l'attaque de Londres par les zeppelins, exhibe l'image d'une guerrière farouche, casquée et cuirassée, prête au carnage, et dit :

— C'est la Vierge Marie, la protectrice de l'Allemagne.

Frappé au cœur, l'Ami murmure :

— O mère bien-aimée, voilà ce qu'ils ont fait de ta tendresse !

D'autres montrent des traités soi-disant « évangéliques » intitulés : *Nous sommes la Force !* et *Avec Dieu, pour le Kaiser et la patrie !* d'autres encore, des formules de prières, suivies de promesses miraculeuses : « Celui qui, avec un cœur fervent, porte sur lui cette prière peut braver impunément les armes humaines et affronter sans risque le feu des batailles », ou bien : « De même que Jésus s'est arrêté au jardin des Oliviers, ainsi s'arrêteront les boulets devant celui qui aura, en toute confiance, écrit ce texte-ci. »

— N'empêche qu'ils ont été blessés, fait remarquer Stella.

— Fanatisme, fétichisme, paganisme, ajoute son tuteur. Pauvre nation, méthodiquement intoxiquée par ce mysticisme frénétique et puéril !

Dans la salle des officiers, un cri de surprise est poussé par le capitaine prussien que l'Ami a relevé sur le champ de bataille. Il accueille son sauveur avec effusion. Comme il l'entend parler religion, il déclare :

— Oui, nous avons besoin de Dieu contre les tendances anarchiques ; le seul moyen de maintenir l'ordre et de protéger le trône, c'est d'attirer les masses au christianisme, de faire rentrer dans le cœur du peuple la crainte de Dieu et, par là même, le ramener au respect de l'autorité et à l'amour de la monarchie.

Étendu sur une chaise longue, un colonel bavarois renchérit :

— J'aime le proverbe turc qui dit que le paradis se trouve à l'ombre d'un glaive. Les deux grandes forces de notre Empire sont le christianisme et la guerre. Si Dieu est le père, la guerre est la mère de toutes choses. Cette épopée est l'aboutissement glorieux de nos quarante années de préparation militaire. Pour nous autres, Allemands, race d'élite, elle est une incomparable renaissance. Elle nous permettra de façonner l'univers à notre image et à notre volonté.

Froidement, il développe sa thèse.

— La peur des forts est l'unique garantie de la paix. Or, nous seuls sommes forts, nous seuls savons faire la guerre. Avec une admirable loyauté, notre grand État-major nous enseigne que « les considérations humanitaires, telles que les ménagements relatifs aux personnes et aux biens, ne peuvent entrer en ligne de compte que si les nécessités de la guerre s'en accommodent ». Quand, en 1900, je partis pour l'expédition de Chine, notre Empereur exprima le vœu que « dans mille ans les Chinois frémissent d'épouvante en entendant parler des Allemands ». Il en sera ainsi des Belges, des Français, des Russes, des Serbes, des Anglais exécrés. Et c'est la bonne guerre. Pour hâter la défection de l'opinion publique, c'est-à-dire la victoire et la fin du carnage, le vrai moyen est de terroriser. C'est pourquoi nous sommes sans pitié, par pure humanité, par christianisme bien compris.

Et le capitaine prussien :

— En bon Allemand, en bon chrétien, je souhaiterais d'être dans toutes les balles qui perçent le cœur de l'ennemi!

L'Ami leur dit :

— Vous ne savez de quel esprit vous êtes animés!

L'Ami des Enfants

Edward et Stella conduisent l'Ami dans un orphelinat de la guerre. A peine est-il entré que, par un instinct charmant, fillettes et garçonnets se pressent autour de lui, cherchant à s'installer sur ses genoux et à se blottir dans ses bras. Craignant qu'ils ne l'importunent, la directrice et Stella repoussent et grondent les enfants. L'Ami s'en indigne et leur dit :

— Laissez venir à moi les enfants, ne les empêchez point, car le royaume de Dieu est à ceux qui leur ressemblent. En vérité, je vous le dis, qui ne recevra pas le royaume de Dieu comme un enfant n'y entrera point.

Puis il les prend dans ses bras, pose les mains sur eux et les bénit.

Il leur raconte la merveilleuse histoire que les chrétiens appellent l' « Évangile de l'enfance ». Il captive leurs esprits curieux et ravis, en évoquant les figures de Zacharie et d'Élisabeth, du petit Jean-Baptiste, qui reçut pour mission de faire revivre dans les enfants le cœur vaillant de leurs aïeux, de Marie, dont le fils doit régner éternellement. Il leur récite le cantique de cette mère touchante :

Mon âme magnifie le Seigneur.
Sa miséricorde se répand de génération en génération
Sur ceux qui le craignent.
Il a déployé la force de son bras,
Anéanti les desseins dans le cœur des superbes,
Renversé les princes de leurs trônes.
Il a exalté les humbles,
Il a comblé de biens les affamés
Et il a renvoyé les riches à vide.

Chaque vers trouve un écho chez les orphelins de la grande tourmente. Et leurs joyeuses exclamations redoublent quand l'Ami les conduit devant la crèche, où repose dans ses langes le nouveau-né qui, mieux que les soldats du Kaiser, méritera le nom d'Emmanuel, « Dieu avec nous ».

Maintenant, c'est le récit des bergers qui gardaient leurs troupeaux pendant les veilles de la nuit; le ciel qui s'entr'ouvre, la gloire du Seigneur qui resplendit, la voix de l'ange : « N'ayez point de peur, car je vous annonce une grande joie qui sera pour tout le peuple. » Et ce sont les multitudes de l'armée des cieux (la seule armée du Dieu d'amour) et leurs accents immortels : « Gloire à Dieu au plus haut des cieux, paix sur la terre et bienveillance entre les hommes! » Et c'est le groupe, populaire entre tous : les bergers, Marie, Joseph et le petit enfant, espérance de l'humanité!

Enfin, voici les astrologues de la Chaldée. Ils demandent au roi Hérode : « Où est né le roi des Juifs? Son étoile nous est apparue en Orient. » Mordu par la jalousie, Hérode les envoie à Bethléem, en leur disant : « Quand vous l'aurez trouvé, faites-le-moi savoir, pour que, moi aussi, j'aille lui rendre hommage. » L'étoile s'arrête au-dessus de l'étable. Les mages se prosternent et offrent de l'or, de l'encens, de la myrrhe. Puis, se méfiant d'Hérode, ils regagnent leur pays par un autre chemin. Alors c'est le drame affreux : la fuite en Égypte, la fureur d'Hérode qui fait tuer par ses soldats tous les enfants de Bethléem et des environs, jusqu'à l'âge de deux ans.

L'Ami s'arrête, consterné. Les petits auditeurs ont pâli, leurs yeux sont dilatés par la terreur, d'effarantes visions y revivent.

— Nous aussi, dit une blonde aux cheveux bouclés, nous aussi nous les avons vus, les soldats d'Hérode !

Les petits Martyrs

A LEUR tour, les enfants racontent leur histoire.

D'abord, un petit Belge, au regard vif, mais attristé par l'effroyable fatalité :

— Lorsque les Boches attaquaient Liége, papa m'apprit cette leçon qu'il me fit promettre de ne jamais oublier : « La Belgique formera un État perpétuellement neutre. Les cinq puissances lui garantissent cette neutralité perpétuelle, ainsi que l'intégrité et l'inviolabilité de son territoire. » C'est l'article 5 du traité signé à Londres en 1839, et les cinq puissances étaient l'Angleterre, la France, la Russie, la Prusse et l'Autriche. Les Boches ont déchiré ce « chiffon de papier » et nous ont attaqués avec des canons autrichiens. Voilà la dernière chose que m'apprit mon papa, avant de partir pour l'armée.

Une nuit, je fus éveillé par un bruit terrible : la ville était bombardée. Mon petit frère et moi avions peur, mais grand-père vint nous rassurer. Au matin, la porte fut enfoncée à coups de crosse. De méchants soldats envahirent la maison. Ils mirent dans leurs poches et dans leurs sacs les provisions, les bouteilles et tous les objets qui leur plurent. Puis ils nous emmenèrent, grand-père, maman, mon petit frère et moi. Ils nous poussèrent sur une place où il y avait déjà beaucoup de femmes, de vieillards et de bébés. Tout à coup, nous entendîmes un craquement : c'étaient les mitrailleuses des Saxons qui tiraient sur nous. Tout le monde criait. On tombait par rangées comme le blé fauché. Petit frère et grand-père furent tués. Ma chère maman s'effondra sur moi ; elle souffrit et saigna tout le jour. Lorsque la nuit tomba, elle était morte, et j'osai m'échapper. Une femme à demi folle m'emmena jusqu'en France.

— Je suis Belge aussi, dit une délicieuse enfant suspendue au cou de Stella. Maman a été prise, avec d'autres habitants de la ville, pour servir de bouclier devant les premiers rangs ennemis marchant à l'attaque. Elle n'a jamais reparu. J'ai vu brûler mon école, l'église et l'hôtel de ville. J'ai vu frapper du pied et du poing notre vieux maire aux cheveux blancs. J'ai vu fusiller le curé et d'autres hommes qu'on accusait de trahison. « Légitime défense », disaient toujours ces sauvages. J'ai vu les Boches traîner par les cheveux des femmes en chemise qui criaient, et qu'on avait arrachées du lit pour leur faire enterrer des cadavres. J'ai vu mon institutrice qui, comme infirmière, avait soigné des blessés allemands, anglais, belges et français, poussée contre un mur et tomber à genoux comme le bon Jésus montant au Calvaire. J'ai vu alors l'officier commandant son peloton d'exécution s'avancer vers la pauvre femme évanouie et lui loger dans la tête une balle de revolver. J'ai vu encore et c'est pire que tout...

Mais, ici, l'enfant en larmes s'écrie :

— Non, je ne puis pas le dire, c'est trop horrible. Que ne m'ont-ils crevé les yeux plutôt que de voler mes pauvres mains !

Et la mignonne de tendre vers l'Ami ses deux bras lamentables qu'un obus sectionna.

Stella l'embrasse. Décidé à vider jusqu'à la lie la coupe d'épouvante, l'Ami continue à interroger les petits martyrs.

Un enfant de France raconte ce drame :

— Les Bavarois avaient bu chez nous, puis ils se mirent à tirer sur la maison. Avec papa et maman, Maurice qui avait six ans, Jean deux ans, et Jeanne neuf mois, nous nous dissimulions dans la cave, lorsque ces bandits versèrent du pétrole par le soupirail. Nous fûmes environnés de flammes. Terrifiée, maman se sauva avec les deux petits sous ses bras, tandis que Maurice et moi nous courions à ses côtés, cramponnés à sa robe. Au moment où nous traversions un ruisseau à quelques pas de la maison, les Bavarois tirèrent sur nous. Atteint à la cuisse et à la poitrine, Maurice s'écria :

« Oh ! maman, que j'ai mal ! » et mourut aussitôt. Jean reçut une balle qui lui détacha presque complètement le bras droit. Jeannette fut blessée au mollet. Lorsque nous arrivâmes sur la route, quel spectacle atroce : à vingt mètres devant nous, les Boches exécutaient papa, qu'ils avaient fait sortir de la cave. En ricanant l'un d'eux dit à maman : « Regarde fusiller ton mari ! — Mon pauvre homme ! » s'écria-t-elle. Le méchant Boche lui répondit : « Tais ta g...! »... Si j'avais été plus grand, je l'aurais tué !

Une Anglaise fluette et gracieuse, rescapée du *Lusitania*, dit son effroi à l'éclatement de la torpille allemande, et décrit la panique des passagers, lorsque le grand paquebot s'inclina vers le gouffre où il allait entraîner plus de mille voyageurs inoffensifs dont de nombreux enfants.

— Affolée, je me cramponnais à mon père, lorsqu'il me lança dans une chaloupe qui s'éloigna aussitôt. Et je vis sombrer sous mes yeux mon père et ma mère adorés !

Elle se rapprocha de l'Ami et, d'une voix suppliante :

— N'est-ce pas qu'ils sont au ciel, et qu'un jour je les reverrai ?

— Et nous, s'écrient les autres enfants, est-ce que nous reverrons nos mamans bien-aimées et nos papas chéris ?

L'Ami prend la petite Anglaise dans ses bras, lui met sur le front un baiser paternel :

— Vous les reverrez, mes enfants. Mais, pour arriver au bercail, suivez le bon Berger. A ses agneaux il donne la vie éternelle ; nul ne les ravira de sa main. Il ne vous laissera point orphelins.

Et Stella :

— Le bon Berger, ce fut d'abord l'enfant Jésus, né dans la crèche. En le suivant, comme lui vous grandirez et vous deviendrez forts ; vous serez remplis de sagesse, et la grâce de Dieu sera sur vous.

L'Arménie crucifiée

Avec la merveilleuse insouciance de leur âge, les enfants sont allés jouer au jardin. Resté le dernier, un solide garçon arménien, au teint bronzé, relève son visage qu'il tenait enfoui dans ses mains. Le regard éteint, d'une voix sourde et accablée, comme si le ressort intérieur était cassé, il parle :

— Nous habitions dans les montagnes. Depuis vingt ans, autour de nous, par ordre du Sultan, chef de l'Islam, on massacrait nos compatriotes chrétiens qui ne résistaient pas. Nous, au contraire, nous nous défendions : quand les Kurdes approchaient, nous les chassions à coups de fusil. Aussi préféraient-ils porter dans d'autres districts leur rage d'extermination. Vint la grande guerre. Les Russes approchaient, et l'on nous dit qu'il fallait évacuer la population civile d'Arménie. On nous ordonna de déposer les armes. Comme nous refusions, le consul d'Allemagne nous promit qu'on ne nous ferait aucun mal. Nous crûmes à sa parole et apportâmes nos fusils. Hélas! c'était tendre le cou au bourreau.

Le lendemain, avec des hurlements de loups, les Kurdes se précipitent dans nos rues. Ils arrêtent d'abord tous les hommes. Les uns sont conduits hors de la ville et obligés à creuser de profondes tranchées où l'on enterrera les morts. Leur besogne achevée, on les fusille et on les précipite les premiers dans ces fosses. Les autres hommes sont traînés sur la place et soumis à d'inimaginables cruautés. A mon père on crève les yeux; à mon frère aîné on arrache les ongles et on fait sauter les dents; à d'autres on coupe le nez ou la langue. Aux plaintes des victimes s'unissent les furieuses protestations des femmes et des filles, Elles s'élancent sur les tortionnaires, pour délivrer leurs pères, leurs frères, leurs maris. Mais, de toutes les maisons, des Kurdes se ruent, avec des cris sauvages. Ils saisissent les malheureuses, les terrassent, les dévêtent. C'est pire qu'en enfer, et je tombe sans connaissance.

Le petit narrateur a remis ses mains sur sa figure, saisi d'un tremblement nerveux. Mais il sent qu'il a le devoir de révéler toute l'abomination. Il relève la tête et continue :

— Quand je repris mes sens, j'étais dans les bras de ma mère, qui fuyait avec d'autres femmes. Nous nous réfugions dans un hangar. Mais nos ennemis arrivent et y mettent le feu, repoussant dans les flammes les malheureux qui cherchent à sortir. Des femmes se jettent à genoux pour prier ; d'autres, étreignant leurs bébés, sont prises de folie. Nos massacreurs saisissent des enfants par la jambe et les lancent dans le brasier. Ma mère réussit à trouver une issue et s'enfuit, me tenant par la main.

Nous courons sur le plateau : il semble que nous ayons des ailes. Un Kurde nous poursuit, en proférant de terribles menaces. Il allait nous atteindre, lorsque nous arrivons au-dessus d'un profond ravin, dans lequel un torrent tombe en cascades. Ma mère m'embrasse avec passion, puis, sans hésiter, saute dans l'abîme. Le Kurde laisse échapper un juron et se penche sur le précipice : c'est l'homme qui creva les yeux de mon père ! Exaspéré, je m'élance, je le pousse. Avec un cri de rage, il tombe, comme une masse inerte, jusqu'au torrent.

Lorsqu'il a de nouveau surmonté son tremblement nerveux, le petit héros explique comment il fut chassé avec une immense caravane d'Arméniens, comment un grand nombre d'entre eux succombèrent dans le désert, comment les plus robustes purent gagner la côte de Syrie où les recueillirent des croiseurs français et anglais.

Pendant ces narrations, Edward est resté silencieux, pétrifié d'horreur.

Une sainte colère s'empare de Stella.

— Quand viendra-t-il, dans ce monde ou dans l'autre, le jour de la justice, où les criminels responsables contempleront leur œuvre et défileront, condamnés et flétris, devant l'interminable alignement de tous les enfants massacrés, mutilés, privés de leurs parents, voués à des cauchemars d'épouvante!

Alors l'Ami :

— Malheur aux hommes qui scandalisent et tourmentent un seul de ces enfants! Il vaudrait mieux, pour eux, qu'on leur suspendît au cou une meule et qu'on les jetât au fond de la mer.

La Joue gauche

Pour ce même soir, le docteur Lazare, conseiller général de Jéricourt et chirurgien de l'hôpital anglais de Nazarville, avait invité à sa table Edward, Stella, Sincère et l'Ami. La conversation s'engage sur les atrocités révélées par la bouche ingénue des orphelins, et Lazare, indifférent aux questions religieuses, laisse, par courtoisie, la parole à ses hôtes.

— Toute guerre est un crime, déclare Edward. Même défensive, elle est purement satanique, elle est l'adoration de la Matière et la négation de l'Esprit. Les chrétiens ne peuvent avoir qu'une politique : le désarmement total et la non-résistance à la violence. Le disciple du Christ, en effet, n'a qu'un devoir : accomplir la volonté du Maître, sans se soucier des conséquences. Et le Christ préférerait être fusillé comme traître plutôt que d'arrêter par la force l'agression allemande.

— Est-ce bien sûr ? interrompt l'Ami.

— Tu nous as rappelé toi-même sa parole : « Aimez vos ennemis. »

— La meilleure façon d'aimer ses ennemis serait-elle de leur laisser accomplir impunément tous leurs forfaits ? Refuser de combattre les loups, n'est-ce pas une façon de s'associer au carnage des agneaux ? Ne pas aider la Belgique et l'Arménie à soulever la pierre de leur tombe, n'est-ce pas sceller nous-mêmes cette pierre sur leur effroyable agonie ?...

Edward connaît l'Évangile et se croit bien sûr de ses textes. Il insiste.

— Jésus a dit formellement : « Mon royaume n'est pas de ce monde. »

L'Ami précise.

— En parlant à Pilate, le Fils de l'homme ne faisait que constater un fait : « Si mon règne était établi ici-bas, mes sujets auraient combattu, pour que je ne fusse pas livré aux Juifs, mais, maintenant, ma royauté n'est point d'ici-bas ; je n'ai donc pas de soldats à opposer aux tiens; d'ailleurs, plus pures et plus hautes que les tiennes sont mes ambitions... » De même, plus pures et plus hautes que celles des Empires coalisés furent les ambitions des Alliés. En cédant à presque toutes les demandes d'un ultimatum injurieux, la Serbie en appela, pour le reste, à la Cour internationale de La Haye. La Russie demanda le même arbitrage. L'Angleterre proposa une conférence ou une médiation. Aux provocations, la France répondit en appuyant toutes les solutions pacifiques. Mais celles-ci, l'Autriche et l'Allemagne les ont délibérément écartées, parce qu'elles avaient, comme Pilate, le vertige de la domination.

D'une main posée sur l'épaule, l'Ami attire Edward et lui pose cette question :

— Le Fils de l'homme pourrait-il désirer que vous laissiez libre carrière à leur ivresse abominable ? « Sachez-le bien, vous a-t-il déclaré, si le père de famille connaissait l'heure de la nuit à laquelle viendra le voleur, il veillerait et ne laisserait pas percer sa maison. »

Edward s'écarte, décidé à ne pas céder.

— Le Christ a dit aussi que celui qui tire l'épée périra par l'épée.

— Soit, réplique l'Ami. Il prophétisa donc qu'en tirant l'épée le premier, votre ennemi préparerait sa propre ruine par les armes.

Il ne reste à Edward qu'un texte, décisif à ses yeux. Il le lance avec une intonation triomphale : « On vous a dit : Œil pour œil et dent pour dent ; mais moi je vous dis de ne pas résister au méchant ; à qui te frappe sur la joue droite, présente l'autre. »

— Aussi a-t-on appelé les pacifistes, dit Lazare, les chevaliers de la joue gauche.

L'Ami reste très calme.

— Connaissez-vous les exemples par lesquels le Fils de l'homme illustre sa pensée ?

Edward continue sa récitation : « A qui veut plaider contre toi et prendre ta tunique, laisse aussi le manteau. Avec celui qui te contraint à l'accompagner pendant un mille, fais-en deux. Donne à qui te demande, et ne te détourne pas de qui veut emprunter de toi. »

— Ces situations, fait remarquer l'Ami, ne se rapportent pas à la guerre. Ce sont recommandations pour vie de famille, pour relations de bon voisinage, et non lois d'économie politique et de jurisprudence internationale. Cependant, en ordonnant : « Présente ta joue gauche », le Fils de l'homme a exigé certaines dispositions du cœur dont un chrétien ne doit jamais se départir. Il a voulu que, au méchant, vous ne résistiez pas méchamment, par amour-propre déplacé, par vengeance, par délectation de nuire à votre tour. Par sa « passion », il a montré que, dans certaines épreuves, comme l'a dit un de vos poètes,

Seul le silence est grand, tout le reste est faiblesse.

Mais le Crucifié qui, par amour pour ses frères, céda jusqu'à la dernière limite du possible, n'a pas connu les mêmes circonstances que vous. Soyez sûrs qu'il n'a jamais voulu vous interdire de donner votre vie, de défendre l'honneur, d'être les protecteurs des faibles, les chevaliers de la justice, ni, quand la résistance est une obligation morale, de repousser l'agression criminelle. Envers votre joue gauche vos obligations sont minimes; envers vos frères en l'humanité ou envers vos enfants elles sont illimitées. Aussi, pour condamner la guerre de défense, Jésus aurait dû dire : « Si un cannibale mange ton fils, offre-lui ensuite ta fille! »

Cri d'Edward :

— Affreux! affreux!

Cri de Stella :

— Il nous dirait plutôt : « Supprime le cannibalisme et même, s'il le faut pour sauver tes enfants, le cannibale aussi! »

De toute ta force

A CETTE argumentation, Edward veut encore échapper.

— Contemplez le Christ en kaki, engagé dans l'armée britannique et plantant sa baïonnette dans la poitrine d'un ouvrier allemand! Admirez le Fils de Dieu guettant une colonne d'infanterie et la fauchant avec sa mitrailleuse! Glorifiez l'Homme de douleur chargeant avec la cavalerie, sabrant, pointant, écrasant et poussant des cris de triomphe! Non, non! cette idée seule est un blasphème! Jamais le Crucifié ne s'affranchirait du Décalogue, qui lui dit comme à tous : « Tu ne tueras point! »

— Ton ironie ne prouve rien, répond l'Ami. Certes, l'ordre de Dieu dans vos consciences est toujours : « Tu ne tueras point! » et vous vous y conformez dans la famille et dans l'État. De même, vous l'observerez dans la société des nations, quand cette société sera constituée. En préparant résolument, sans haine aveugle, sans colère inutile, la victoire du droit, les nations alliées veulent fonder enfin cette famille humaine, dans laquelle on ne tuera plus.

Adepte du programme de la paix par le droit, Sincère se réjouit de cette affirmation.

— Un premier essai fut tenté, dit-il, par les conférences de La Haye, auxquelles adhérèrent quarante-quatre nations. Deux cent cinquante conventions internationales d'arbitrage ont été passées sans aucune contestation de la partie condamnée. Même l'arbitrage universel et obligatoire aurait été organisé, si cette intention généreuse ne s'était brisée au refus, tristement prophétique, de nos ennemis d'aujourd'hui. En coup de foudre, ils ont déchaîné la plus effroyable des guerres. N'ont-ils pas anéanti le rêve de Jésus ?

L'Ami répond :

— En revendiquant la justice pour tous, le

Fils de l'homme a jeté un feu sur la terre : comment s'étonnerait-il de le voir allumé? Lui-même vous a dit : « Ne pensez point que je sois venu vous apporter la paix; non la paix, mais l'épée; on aura pour ennemis les gens de sa propre maison; sur un même continent, cinq nations seront divisées, trois contre deux et deux contre trois. » La famille humaine devait naître dans ce baptême : quelle angoisse jusqu'à ce qu'il soit accompli! Comme à l'heure de Golgotha, les âmes sont enténébrées, pendant cette agonie des peuples, qui prépare la régénération d'un monde illuminé.

— Il est vrai, dit Sincère, que le Christ n'a pas fixé de date pour l'avènement du royaume de Dieu : il ne nous appartient pas de connaître les temps et les moments où se réalisera la volonté du Père. Il est également vrai que beaucoup de sang fut versé pour abolir le droit de guerre, d'abord d'individu à individu, ensuite de village à village et de province à province. Si de ce grand cataclysme pouvait sortir l'abolition du droit de guerre de nation à nation, ces flots de sang auraient sauvé le monde.

— Ils le sauveront, insiste l'Ami, car les temps sont mûrs. L'Esprit du Seigneur est sur vous; la paix divine va régner.

Se tournant vers Edward :

— Considère ces millions d'hommes qui préfèrent mourir plutôt que de vivre dans un monde où la liberté serait morte. Admire ces lignes de tranchées, barricades d'un type nouveau, où s'accomplit la plus grande révolution de l'histoire. Glorifie les martyrs du droit, de la société des nations, du royaume de Dieu! Le blasphème serait de juger désirable une paix précaire qui annihilerait cet effort magnifique. Le blasphème serait de croire que l'ancien régime peut se perpétuer ; que, de plus en plus, les nations seront des camps retranchés, des usines de guerre, d'où sortiront des massacres plus étendus et plus terribles. En vérité, je vous le dis, le droit de la force est à jamais déshonoré, la guerre se dévore elle-même; et demain, la force suprême des nations unies sera mise au service du droit.

Edward est ébranlé, mais un scrupule le retient.

— Détruire la force par la force, n'est-ce pas chasser Béelzébul par Béelzébul ?

L'Ami le rassure.

— La force n'est pas un mal, pas plus que la vigueur physique ou que l'argent. Il s'agit d'en bien user. Infidèles au Dieu de justice, les Allemands ont dominé par le fer et par l'or. Ils ont dépouillé le Danemark, l'Autriche, la France ; ils ont acheté la Turquie et la Bulgarie ; ils ont multiplié leurs armements et jeté sur le monde un réseau d'espionnage ; ils ont donné l'exemple d'une prévoyance et d'un esprit de suite qui, s'ils n'étaient pas diaboliques, seraient dignes d'éloges. Dans leur orgueil, ils en sont venus à s'écrier : « La force crée pour nous le droit ; un plus fort seul pourrait nous contraindre ! » Eh bien, soit ! Pour remplir leur devoir envers leur propre génération, les fils de la lumière seront aussi avisés que les fils de ce siècle. A la cause éternelle de Dieu, ils apporteront, sans la ménager, la multiplicité de leur puissance matérielle. Avec leur or, avec leur fer, ils feront, non de la corruption et de l'esclavage, mais de la richesse pour tous et de la liberté. Ainsi obéiront-ils au plus grand des commandements, qui te dit, comme à eux : « Aime Dieu de toute ta force. »

L'Internationale de l'Évangile

En sortant de chez Lazare, pour revenir à Nazarville, Stella et Sincère vont devant. Derrière eux, Edward et l'Ami s'entretiennent encore de la guerre.

— Quelle juridiction, demande Edward, pourra venir à bout d'un gouvernement de proie ?

L'Ami répond :

— Prends ce vieux livre éternellement jeune, que le monde commence à peine à comprendre ; de sa lettre dégage l'esprit, qui seul fait vivre ; prolonge aux relations entre peuples les principes qu'il proclame. Voici la procédure proposée par le chapitre XVIII de l'Évangile selon Matthieu.

Si un gouvernement étranger a mal agi à

l'égard d'une nation, celle-ci lui soumet directement sa plainte. S'il accueille la réclamation et y fait droit, l'affaire est réglée à l'amiable. Mais, si le gouvernement étranger ne veut pas reconnaître son tort, la nation lésée l'invite à désigner, en même temps qu'elle-même, arbitres et témoins. Repousse-t-il les décisions de l'arbitrage ? toute la cause est portée devant l'Assemblée compétente, et ce sera, demain, le Parlement européen ou le Tribunal des nations. Le gouvernement violateur du droit refuse-t-il enfin de s'incliner devant cette suprême autorité ? il s'est condamné lui-même : qu'il soit mis au ban des peuples et réduit à merci par le boycottage, par le blocus universel, par la suspension de tous les contrats, et par la redoutable force internationale que vous devez organiser pour protéger la civilisation.

Sur ces principes équitables, votre justice sera consacrée par l'histoire et par Dieu. Pour l'éternité, ce que vous lierez restera lié, ce que vous délierez restera délié. Et la paix sera assurée.

— Magnifique perspective! dit Edward. Seulement, ajoute-t-il, la plus sûre garantie de la paix sera toujours la prise de possession par le Christ social de tous les cœurs d'hommes : un seul troupeau sous un seul berger. Une guerre entre vrais chrétiens est simplement inconcevable.

Et l'Ami d'approuver.

— Levain puissant, l'Évangile doit régénérer tout l'homme et toute la société des hommes. La plupart des soi- disant chrétiens n'ont même pas le soupçon de cette vérité. On m'a dit que les montagnes les plus hautes sont en granit, et que le granit est constitué par une combinaison de trois roches : gneiss, feldspath et mica. Ainsi en est-il du roc sur lequel sera construite la Cité de justice : amalgame de volontés individuelles et d'organisation sociale et mondiale, que pénètrent, reflet du ciel, les paillettes de la piété. Sur ce granit, notre Cité sera inébranlable. Les tempêtes pourront se déchaîner; ni l'ouragan de la haine ni la grêle des calomnies ne porteront atteinte à sa solidité. Mais enlevez un des trois éléments : volontés, discipline ou confiance en la justice éternelle, votre granit tombe en poussière. La pluie, les torrents et les vents emporteront la maison bâtie sur le sable.

— Dans notre guerre de défense, avoue Edward, nous trouvons ces trois conditions : volonté, discipline, foi en l'invincible justice ; et les nations qui restent neutres n'ont pas l'amalgame complet.

— Il en est des peuples comme des hommes, répond l'Ami. Le plus grand sera celui dont le pouvoir est, non le plus impérieux ni le plus habile, mais le plus humain. Celui qui asservit le plus sera le dernier; celui qui aime le plus, le premier. Celui dont les ressources et le sang sont au service, non d'ambitions éphémères, mais du droit immortel, celui-là est le serviteur de l'Éternel. A cette heure, où Satan réclame toutes les races humaines pour les passer au crible comme du blé, les peuples qui ont voulu sauver leur vie par lâcheté sont aussi vides et légers que la bale. Mais le peuple qui n'a pas hésité à franchir tout sanglant la porte étroite du sacrifice, celui-là est le grain pesant, le pain de vie, le rédempteur des autres peuples, même des peuples ennemis.

Des Croix sous les Etoiles

Le lendemain soir, Stella et Sincère cheminent à travers les ruines de Nazarville, qui leur suggèrent d'affligeantes réflexions. Tandis qu'ils conversent et discutent, l'Ami s'approche et se met à marcher avec eux.

— Quels sont, leur dit-il, ces discours que vous échangez ?

Ils s'arrêtent tout tristes. Sincère lui répond :

— Devant l'horreur des destructions et des tueries, nous nous demandons si d'éminents chrétiens n'ont pas raison de vouloir arrêter cette guerre, sans attendre que soit réprimé l'attentat contre la justice. Le chef de mon Église, pape de Rome, vicaire du Christ, et « neutre » par principe, ordonne pour la paix des prières « insistantes et persistantes », et bénit, dès à présent, celui qui le premier brandira le rameau d'olivier.

— Et les « pacifistes » américains, ajoute Stella, approuvés par mon tuteur et quelques autres « évangéliques », nous blâment d'être en guerre.

— O insensés ! leur dit alors l'Ami, ô cœurs lents à croire tout ce que l'Évangile a dit ! N'a-t-il pas fallu que le Christ souffrît pour entrer dans sa gloire ? Et cette loi n'est-elle pas celle de toute l'humanité ?... Celui que tu appelles le vicaire du Christ, Sincère, doit aimer que la lampe reste sous le boisseau. Ceux qui se donnent pour « pacifistes évangéliques », Stella, ont émasculé l'Évangile. Ils font le jeu des criminels qui ont manqué leur coup... Parlez-moi plutôt des soldats qui ont reconquis ce village.

Sincère raconte la bataille :

— Après une longue retraite devant la vague immense des envahisseurs, les défenseurs du droit reçurent un ordre, bref et sonore comme un coup de clairon : « Avancer, face à l'ennemi, et, plutôt que de reculer, se faire tuer sur place. » L'attaque fut irrésistible. Chaque poilu représentait une volonté, une intelligence, une résolution bien arrêtée de sacrifice. Ce torrent d'héroïsme refoula les hordes dévastatrices qui, en formations massives, ivres d'éther et d'alcool, s'offraient aux hécatombes.

— En vérité, conclut l'Ami, s'élançant à l'assaut pour libérer le monde, ces poilus, d'un essor, ont dépassé la hauteur morale de tous vos pontifes. Ceux-ci veulent la paix du diable, et les poilus, véritables croyants, la paix de Dieu.

Ils approchent du cimetière militaire, but de la promenade des deux jeunes gens. L'Ami veut aller plus loin. Mais ils le retiennent de force.

— Reste avec nous, disent-ils, car voici la nuit.

Il entre donc avec eux. Simples tertres fraîchement remués, les tombes sont alignées en rangs pressés. Dans la pénombre, on distingue sur chacune d'elles une modeste croix de bois, avec cette épitaphe : « Mort pour la Patrie ».

— Les victimes de la bataille, explique Sincère.

— Que représentent ces croix? interroge l'Ami.

— Elles rappellent la croix sur laquelle le Seigneur mourut pour nous sauver.

Cette révélation émeut l'Ami.

— Ma croix! murmure-t-il.

Il demeure un moment recueilli. Puis, s'adressant à ses compagnons :

— Combien justifiées, ces croix, sur la sépulture de ces braves! Comme le Fils de l'homme, ils ont accepté de servir et de donner leur vie pour la rançon d'un grand nombre.

Assis sur le gazon fleuri que domine le précipice resplendissant de la nuit, ils éprouvent la griserie d'un vertige sublime. Beauté poignante, horreur auguste! Là-bas, dans le silence étoilé, pour toutes les victimes de l'holocauste expiatoire, le canon sonne le glas.

L'Étoile du Matin

STELLA aime ce cimetière.

— Conquis à l'ennemi, ce terrain où dorment tant de petits soldats de France est bien à eux. Les fleurs que j'entretiens sur leurs tombes et qui embaument les ténèbres sont l'image de ces fleurs de jeunesse qui, en rendant à leur patrie le terrain qui les garde, se sont prématurément flétries.

— Flétries! proteste l'Ami. Le grain de froment qui passe par la mort, c'est celui qui germe, qui croît et qui donne l'épi. Sauver sa vie, c'est la perdre! Perdre sa vie, par amour pour l'humanité, c'est la sauver! Que servirait-il à l'envahisseur de gagner le monde entier, s'il noie lui-même son âme dans l'injustice? Pour sauver son âme, la Belgique a accepté le duel le plus inégal. Pour sauver la justice, les soldats enterrés ici ont pris leur croix. Oubliant père, mère, épouse, enfants, ils ont obéi à l'Évangile du devoir. Ils ont dit adieu aux tendresses de la famille, afin que leurs frères inconnus puissent continuer à vivre et à s'aimer. Ce sont eux, les élus, qui abrègent les jours d'épreuves! Parce qu'ils sont morts, une terre nouvelle va naître, où la justice habitera. En vérité, le royaume des cieux est à eux. Pas un cheveu de leur tête ne s'est perdu; une éternelle joie récompense leur héroïsme.

— Oui, ajoute Stella, alors que les Germains combattaient pour les richesses de la terre, ceux-ci mouraient pour les étoiles! C'est à cause de cela, sans doute, que la nuit est si belle, que l'incommensurable azur se pare, comme pour une fête, de ses diamants les plus étincelants, et que semble se pencher, sur le champ des martyrs, le sourire de l'infini. Oh! le pur rayon de Vénus l'éclatante, flambeau des soirées prestigieuses, étoile de l'éternel matin!

L'Ami se retourne vers les croix.

— Nous ne vous cherchons pas parmi les morts, conquérants de la vie qui êtes des vivants; mais nous vous bénissons. Heureuse votre patrie! Parce que vous l'avez aimée jusqu'à mourir pour elle, parce que vos mains défaillantes auront accroché au firmament l'étoile de la paix du monde, votre mort resplendira plus haut que les nuages. Illuminés, baptisés de feu et d'esprit, vos compatriotes glorifieront votre Père qui est, avec vous, dans les cieux.

Dans la sublimité nocturne, au-dessus de ses compagnons, l'Ami élève les mains.

— Vous, ma sœur Stella et mon frère Sincère, si vous voulez suivre le Fils de l'homme, vous devez donner votre vie, aussi complètement que les victimes de la grande guerre. Ainsi, dans sa plénitude, vous goûterez la joie suprême du sacrifice. Chargez-vous de votre croix, pour briller comme les étoiles.

L'Ami s'éloigne d'eux à la distance d'environ un jet de pierre; là, se mettant à genoux, au milieu des petites croix, il prie, le regard dans le fourmillement des astres. Les deux jeunes gens aussi contemplent, comme en extase, l'abîme où scintillent les mondes. Un sanglot leur étreint la gorge. Leur âme est éperdue.

Tout à coup, Stella saisit Sincère par la main et lui demande :

— Quelles sont tes pensées ?

Et lui, d'une voix douloureuse :

— Pourquoi m'obliger à parler ?... Jamais homme ne m'a remué comme cet homme. Il m'a ouvert l'intelligence. C'est le Révélateur de la vraie vie.

Précipitamment, craignant de n'avoir pas la force d'aller jusqu'au bout de l'aveu, Stella reprend :

— Tu ne me dis pas tout ! Pour toi comme pour moi, le voile s'est déchiré. Quand *il* fut arrivé, blessé, sur le champ de bataille, il nous donna son nom : « Jésus » ; nous l'avons cru fou. Mais, n'est-ce pas ? c'est lui ! Comment est-ce possible ?

Sincère répond :

— Je reste confondu. Tout mon être me crie que c'est lui. Notre cœur n'était-il pas brûlant au dedans de nous, chaque fois qu'il parlait ?...

L'Ami revient vers eux. Ils n'osent rien lui dire. Lui les invite à rentrer.

— C'est assez de paroles ; c'est assez contempler les constellations. Serviteurs de vos frères, pensez à donner votre effort !

Ils le suivent vers l'ambulance. L'étoile du matin s'est levée dans leurs cœurs. Et lui, il devine qu'ils l'ont identifié.

TABLE DES MATIÈRES

NANCY, IMPRIMERIE BERGER-LEVRAULT — MAI 1917

LA GUERRE — LES RÉCITS DES TÉMOINS

La Victoire de Lorraine (24 août-12 septembre 1914). **Carnet d'un Officier de Dragons**, par Adrien BERTRAND. 17e édition, revue et augmentée. 1917. Volume in-12 avec 18 photographies . . . . 3 fr. 50

Carnet de route d'un Officier d'Alpins. 1re série : *Août-septembre 1914. En Lorraine. La bataille de la Marne.* 11e édition. 1916. Volume in-8, avec 6 gravures et 1 carte hors texte, broché . . . . 1 fr. 50

— 2e série : *Octobre à décembre 1914. En Argonne. Sur l'Yser. En Artois.* 1916. Volume in-8 avec 3 gravures et 3 cartes hors texte . . . . 1 fr. 50

Morhange et les Marsouins en Lorraine, par R. CHRISTIAN-FROGÉ. Préface de J.-H. ROSNY aîné. 7e édition. 1917. Volume in-12, avec 36 illustrations et 4 cartes . . . . 3 fr. 50

Journal de Campagne d'un Officier de ligne. *Sarrebourg. La Mortagne. Forêt d'Apremont*, par le capitaine RIMBAULT. Préface de Maurice BARRÈS, de l'Académie Française. 1916. Volume in-12, avec 8 illustrat. et 3 cartes. 3 fr. 50

La Croix des Carmes. *Documents sur les Combattants du bois Le-Prêtre*, par Jean VARIOT. 8e édition. 1916. Volume in-16 jésus, avec 5 dessins de l'auteur. 2 fr.

Journal d'un Officier de Cavalerie. *Le Raid en Belgique. La Retraite sur Paris. La Bataille de l'Ourcq. La Course à la mer, du Nord. Les Tranchées*, par Charles OUY-VERNAZOBRES. 1917. Vol. in-12, avec 16 illustrations hors texte . . 3 fr. 50

En Rase Campagne 1914. Un Hiver à Souchez 1915-1916, par Jean GALTIER-BOISSIÈRE. 1917. Vol. in-12, avec 17 illustrations par l'auteur. 3 fr. 50

Charleroi. *Notes et impressions*, par FLEURY-LAMURE, correspondant de guerre français du *Times* en Belgique. Préface de Gérald CAMPBELL, correspondant spécial du *Times*. 18e édition. 1916. Volume in-8, avec portrait, 2 fac-similés et 5 cartes . . . . 1 fr. 50

Avec les Français en France et en Flandre. *Impressions vécues d'un aumônier attaché à une ambulance de campagne*, par Owen SPENCER WATKINS, aumônier aux armées anglaises. Traduit de l'anglais par Henri et Jeanne DURAND. 5e édition. 1917. Volume in-8, avec portrait et 7 planches hors texte . . . . 2 fr.

Six Semaines à la Guerre. *Bruxelles. Namur. Maubeuge*, par la duchesse de SUTHERLAND. 6e édition. 1915. Volume in-8, avec 9 planches hors texte, 2 fac-similés et 1 carte . . . . 1 fr. 50

Feuilles de route d'un Ambulancier. *Alsace. Vosges. Marne. Aisne. Artois. Belgique*, par Charles LEROUX, avocat à la Cour d'appel de Paris. Complété d'après le Carnet de route du Dr Henri LIÉGARD, chef de clinique aux Quinze-Vingts. Préface de M. René DOUMIC, de l'Académie Française. 10e édition. 1916. Volume in-8, avec 13 illustrations hors texte . . . . 2 fr. 50

Sur le Front russe, par Stanley WASHBURN, correspondant de guerre du *Times* près les armées russes. Traduit de l'anglais par Paul RENAUDIN. 1916. Volume in-8 de 160 pages, avec 25 photographies hors texte de George H. MEWES. 3 fr. 50

L'Évasion. *Récit de deux Prisonniers français évadés du camp d'Harvinelbourg*, par D. BAUD-BOVY. Préface de Maurice MILLIOUD, directeur de la « Bibliothèque universelle ». 1917. Volume in-12, avec 15 illustrations . . . . 3 fr. 50

L'Épopée Serbe. *L'Agonie d'un Peuple*, par Henry BARBY, correspondant du *Journal*. 1916. Volume in-12, avec 20 illustrations hors texte et 1 carte . 3 fr. 50

Face aux Bulgares. *La Campagne française en Macédoine serbe. Récits vécus d'un Officier de Chasseurs à pied (Octobre 1915-Janvier 1916)*, par Henri LIBERMANN. Préf. de Paul MARGUERITTE, de l'Académie Goncourt. 1917. Vol. in-12. 3 fr. 50

NANCY, IMPRIMERIE BERGER-LEVRAULT